戦争と昭和の追憶

川瀬倭子
KAWASE Shizuko

文芸社

はじめに

あの惨《むご》い原爆で終止符を打った第二次世界大戦、世界中の良識ある人々は二度と戦争はやるべきではないと誓ったのに、今の世界の現状。

国土を広げたい、利益を奪いたい一部の力のある国の組織のトップ等と組むことで、団体・企業・個人が利益を手に入れられるとなると、戦争が始まり、終わらない。

多くの人間の幸せの実現が、人間のなすべき一番大切なことだと思うのだが。

人間って何なのだろう。

目次

第二章　未来に向けて

第一章　戦争と昭和の追憶

一　戦前

松阪での暮らし

私の生まれた昭和六年は満州事変勃発の年で、父は当初桑名中学で英語の教師をしていた。同じ三重県の松阪商業で商業美術を担当出来ることになり、松阪へ移り住み、念願だった仕事を初めたばかりの年だったそうだ。私には二歳年下の弟がいる。

記憶に残る松阪の家での出来事は、ある時目をさますと前の小学校の運動場が池のように水におおわれていて、周りの家々も床下や床上浸水になっていたことだ。太陽が出始めると、多くの畳が道に運び出され、干されていたのを今も思い出す。室戸台風だった。

次に移り住んだ家は、近鉄のローカル線の線路に沿った道に面して一列に建ち並んだうちの一軒だった。裏は見渡す限り田んぼ、線路脇には空地があり、レンゲ、タンポポ等が咲き乱れ、蝶やトンボの舞う子供の遊び場だった。独身だった母の妹や父の姉の娘さんが時々訪れてくれていた。その時のスナップ写真が今も残っている。父が自前のカメラで撮ってくれたものだ。一両だけのチョコレート色の電車が走っていた。のちにこの電車を使って父母が海水浴に連れていってくれた、思い出の電車だ。

この家では四歳五歳を過ごすのみで、ここからは幼稚園や学校は遠すぎると父母は判断したのだろうか、次の家に移った。

郊外の住宅地で、用水路に沿って家が並んでいた、かなり遠くまで続いているようで、お勤めの人達が多く住まわれていた。この家々の裏側の小さな路地に我が家はあった。川沿いのお隣の家の裏庭には垣根や塀はなく、我が家とは路地をはさんで行き来出来るオープンな造りになっていた。御主人は中学の先生、父とは他校ながら、よき友人関係が生まれたに違いない。奥様と私や弟と同年代の男の子、その後もう一人男の子が誕生し、御主人のお母さんと五人暮らしで、毎日のようにどなたかと顔を合わせ話の出来る親しい仲となった。御主人はお仕事か趣味か分からなかったが、画を描かれていた、水彩とかパステル画のようで父の油絵とは違っていたが、これも話がはずんだことだろう。

家の前の小道を二、三十メートルいった先に小川が流れていた。小魚や小えびを網ですくったり、蝶やトンボを追っかけたり、両岸の間を子供達は跳んで渡っていたので、自分も出来ると思って跳んでみたが、川に落ちてしまった。梅雨あけのころ夜になるとほたるが舞い遊ぶ、初めて見るほたるの光は感動的で、今でも川の様子と共に浮かんでくる。

川の向こう側の土手は人が行き交う道があり、朝早くから物売りの声が聞こえてきた。納豆、豆腐、お昼には「金魚えー金魚」、どじょう売りは家の前まで来てさばいてくれた。その日の夕食は柳川鍋、ごぼうの香りが食欲をそそる、納豆は藁《わら》で包まれていていかにも発酵食品。その頃は食べていたのだが、大人になってから嫌いになり食べられなくなった。現在の大量生産の発酵のやり方は昔の発酵のやり方と違っていて、その微妙な香りとか味が私の味覚に反応して拒否するのかどうか、よくわからないが。

家にお風呂がなかったので毎日のように銭湯に通った。民家を抜けると田や畑に空地、夜は子供だけで歩ける場所ではない、暗くならないうちにと急ぐのだが、夜空の星を見るのも楽しい一時だった。星座の名を父から教えてもらったのもこの時。草原に寝っころがって降るような星の光を楽しんだものだ。

この住宅地の周りは田畑がどこまでも続いていて、所々に農家が点在していた。その中の鎮守の森がこんもりと、ぼんやりと赤く浮かんで見えた祭りの夜、鉦や太鼓が聞こえてくる。秋の祭りには参道は食べ物や金魚すくい、いろんな店が立ち並んでいて、いさましい呼び声もひびいていた。父母のしつけで夜店での食べ物は一切買ってもらえなかったが、金魚を買って帰ったのを憶えている。カーバイトの臭いが今もなつかしい。

幼稚園と小学校一、二年、この家から通学した。子供には少しきつい距離で、片道三十分以上はかかったであろう。でも友達と誘いあって本居神社の下の道を行って鳥居の表参道に出ると、学校は一本道の突き当たり、幼稚園はこの隣にあった。春には参道に桜並木が続いていたのを思い出す。

小学一年生、受け持ちの先生はこの年師範学校を卒業されたばかりの女の先生、初めてのクラス担任とあって緊張されていたのだろう。同じクラスに「ひろちゃん」と呼んでいた友達がいた。ある日授業中に彼女は大声で泣き出した。先生をつかまえると紺色のスカートをつかんで、涙や鼻水をふいていたのだ、なんて自由奔放な子なんだとびっくりしながらこの様子を真横で見ていた。いつも目立つ子だったが、ある時作文の時間にこんな句を披露してくれた。

桐の葉が　坊主になって　冬がくる

小学一年生が読んだ俳句、先生も褒めるというより驚かれた様子だった。家に帰って両親にも話す、すごい子がいるんだなと感心していた。私とは大の仲良しとなり、お互いの家に毎日のように行ったり来たり、宿題の多くはこの時やっていた。彼女の父は工業学校の先生、私の父は商業と、なんとなく親しみも湧いたのだろう。

だが三年生が終わった頃、突然転校していなくなった。その後戦争が始まり、間もなく我が家も父の転職で大阪に移り住んだので、その後の彼女の消息を知ることはなかった。が、後に知ることが出来たのだ。戦後四十年を過ぎたころ、松阪在住の友人から、寛子さんが児童文学作家として東京で活躍中との知らせを受ける。やっぱり文才の花が開いたのだと思った。

話はもどるが、小川で遊び、お隣さんの子供さん達とも仲よくなり楽しんでいたのに、また別の家に移る。四日市に一人残してきた父の母が七十歳を超え、呼び寄せ同居するためだった。祖母は花作りが好きで、家の裏庭の奥にある畑を花畑にして楽しんでおられたようで、この時点では気の進まない話であったと思う。がやがて始まった戦争、この時の判断は妥当だった。

父が探し当てた家は近鉄のローカル線の駅に近く、本道を少しはずれた裏道にあるお寺の隣だった。通学への時間は変わらず一安心。白粉町《おしろいまち》という商店街が近く、家族で買い物するのが楽しみだった。この家は借家の造りでなく、広い庭にはりっぱな石灯籠や石をくり抜いて作られた手水鉢、ここには時々野鳥が水を飲みにくる姿も見られた。松の木も植えられ、居間はフスマで仕切られた八畳と十畳の三部屋が続き、一本の廊下でつながっていた。廊下の庭側は全てガラス戸で別に雨戸はその外にしつらえられていたが、この雨戸がすごく重かったのを憶えている。

祖母は玄関のすぐ近くの一部屋、我々家族は奥の二部屋を使っての生活となる。玄関を突き抜けると風呂の脱衣の部屋、その奥に風呂場と別棟があり、その手前あたりに炊事場があったような気がする。

近くには大きな銭湯があり、家のお風呂を焚いて入った記憶がない。脱衣用の小部屋は子供達の遊び場として使用していた憶えがあるので、家のお風呂は使うことはなかったのだろう。

祖母は毎日のようにお隣のお寺に通っていた。講話や和尚さんの話を聞いたり、いつも十人から十数人の近所の人達が集まっていて、集会場の役目をしていた。私も祖母について何度か伺った。子供にはあまり興味のある話ではなかったようで、続けて伺うことはなかった。お寺の前庭が広く子供達の遊び場となっていて、そちらにはよく行った。

夏になると庭からせみの鳴き声がうるさい程聞こえてくる。朝早く松の木をよじ登って脱皮するあぶらぜみの姿を見ることが出来た。ちょうど私の背の高さ位に止まったさなぎが、背中を一文字に破り、薄緑色をしたまだくしゃくしゃの透明な羽を少しずつ広げていく。あのせみの形まで広がるのを興味深く眺めていると、大きく広がったと思った瞬間、パーッと飛び立っていった。この時期は毎日見るのが楽しみだった。

この家にはあのひろちゃんがよく遊びに来てくれたのだろう。今なお彼女からこの家でのその時の様子を聞くことがある。

花作りを楽しみにしていた祖母にとっては何か手持ちぶさたな日々、父はそれを察してか次の住まいを考えていたようだ。

商店街は夜も賑っていて、両親に連れられていろいろ買い物をするのが楽しみだったが、ここも二年位で次の家に移ることとなる。

城跡の公園の隣に、古事記を誰でも読める文体に直した本居宣長を祭る本居神社があり、鳥居の前の道を一キロ程南に歩く。このメイン道路の細い路地裏の一番奥にその家はあった。その奥にもう一軒小さな空地を挟んで、大家さん御夫婦が住まわれている母屋があり、棟続きの隣に娘さんとその子供さんが住んでみえた。

我々の住んだ家は小さな中庭を突きぬけると離れがあり、そこには炊事場もトイレ等も備わっていて、祖母が暮らすのには適していた。しかも裏は野菜や花を育てるにふさわしい畑が存在していた。大家さん夫婦と祖母はすぐ仲良しになり、花の種や苗等を交換しながら話もはずんでいた様子。表通りには雑貨屋さんもあり、祖母は自炊していたようだ。この畑の下は小川が流れていて向こう側は八千代旅館の裏側に面していた。時々三味線の音が聞こえてきた。

松阪の町

旅館の表側の通りは武家屋敷が建ち並び、美しく刈り込まれた生垣、お庭の奥に屋敷というスタイルの家が当時まだ多く残っていて武家の昔をしのばせていた。松阪城主は蒲生氏郷、ここでは十二万石の大名だったが、後に会津九二万石の殿様となり、松阪の木綿等を会津でも広めたそうだ。

裏の小川に沿った道は人が通らない細くて草ぼうぼうの道。この道を通ると学校の裏門のすぐそばに出られるとあって、急ぐ時に利用するのだが、へびや虫が飛び出してくる危険な道だった。

松阪木綿といえば三井もこの木綿の商売からその基礎が出来たのだ。今も三井家発祥の地として建物や庭の一部が保存されている。三井のみならず、多くの豪商が、紺を主とした縞柄が主で当時の歌舞伎役者の衣装にも使われていた松阪木綿の商いで江戸にも進出して行き、後に日本のみならず世界で優秀な貿易商社となるのだ。

この木綿、私も二十年位前その織られている手織センターに立ち寄った際、五十センチを単位として買うことが出来たので、四、五種類を買ってきて、今も食卓等の敷物として使っている。何百回洗濯しただろうか、色あせもせず、やぶれることもなく、この良さを自身で確認出来た。

今も残る小津家、長谷川家等木綿の他にも和紙等の商いで多くの商人が松阪を商業の町として発展させた。そして江戸へ。

商業学校もその歴史に誇りを感じながら、これからの松阪の、日本の商業をめざして何を学生に教えるべきか、思案の最中でもあったのだろう。商業デザインの分野はまだ確立されておらず、父は二つの分野をいかに学生に教えていくかが仕事となったのだ。

商業ポスターの制作、父の得意な絵を描く作業とポスターという商業価値をアピールする目的とを合致させるということを考えるのも楽しかったであろう。新聞広告での商品のアピール、店頭のウインドーの飾りつけ、これは商店が閉まった後、夜になってからの飾りつけの取り替え作業も多く、そんな時間に学生さん達も出向いての作業で、今なら許されないのではなかろうか、時々弟と一緒に見に行った。市民からの評判も良かったそうだ。

ポスターは全国での公募展があると、学生さん達に応募させ度々入賞を手にしていた。父もまた応募する中で（戦争に入ってからだが）防諜ポスターで一等金賞を受け、その副賞として軍刀一振りがさずけられたのには驚いた。その後金属提出でなくすのだが、桐の箱には東条英機と書かれていた。

家族揃っての平和で楽しい暮らしも長くは続かなかった。ここに来て僅か二年程であのいまわしい十二月八日がやって来た。日本の真珠湾攻撃で開戦となったのだ。

二　戦中

開戦

昭和十六年、真珠湾攻撃で太平洋戦争へと突入した日本。当時アメリカを知る多くの知識人の間では勝てる見込みはなく無謀だと言われていた。

時の政府は日露戦争で勝利した時の海軍司令官を務めた山本五十六を復帰させる。アメリカとの戦争を予想してのことだったが彼は戦争に反対した。アメリカを相手にして勝てる見込みのないことを知っていたのだ。しかし開戦に参加するはめになる。彼はその前にドイツ、イタリアと同盟を組むのにも反対した。ヒットラー、ムッソリーニを彼は分析していたのであろう。開戦やむなしとなった時、彼は奇襲攻撃を提案。これは半年位を目標にしていてその後は政治の力でなんとかしてくれることを信じていたという。長くはもたないことが分かっていたのだ。しかし真珠湾攻撃の戦果は真実ではなく大勝をしたような報道をされ、軍や国民は、これは行けるとこの先へ進むことに疑念を持たなかった。

山本は真珠湾攻撃でアメリカの軍艦四隻を沈める予想もはずれ一隻のみに終わっていたことや、アメリカとの物量の差は日本の十倍であることも承知していた。戦争を早く終わらせたいと考えていた人のトップに立つ一人だったが、一九四三年四月十八日、搭乗していた飛行機がアメリカ軍に襲撃・撃墜され亡くなった。そして誰も止めることなく戦争は続いたのだ。

戦争を起こした責任は当然政府にあると思う。この政府、国民の選挙によって選ばれているとなれば国民の責任であるともいえる。

現在の日本の国民は、選挙での自分の一票をあまりにも粗末にあつかっているのではないか。先進国と言われている国々の投票率を見ればわかる。また政治に関する授業を義務教育の場で教える時間の一番少ないのが日本だそうだ。

政治の大切さ、選挙の大切さ。今も地球上では人々を殺し合い、物を破壊する戦争や紛争が後をたたない。このエネルギーを国づくり、国民の幸せにつながる政策に転換すべきだが、それをやるのは国のトップ。

世界の多くの国民が希望する方向を向いていない不幸な現実だ。

失職・転職

開戦からしばらくは、大本営発表の勝った勝ったと威勢の良いニュースが伝えられたが、次第にそうではない、あちこちで敗け戦が、兵士の戦死がと、雲行きは悪い方行へ。商売の圧縮、商業不要論、商業学校は廃止にまで追い込まれ、父は職場を失うことになった。学生さん達は工業学校に併合という自身の目標とは別の学習をするはめに。

父はその時四十一歳、兵役はまぬがれたものの家族を養ってゆかねばならぬ。どうしたものかと悩んでいた時、大阪の学生時代の友人から自分の会社に来てほしいとの要請を受ける。多くの社員が兵隊に取られ人手不足なのだ。父は行くことを決意する。行く先々のことを家族は何も知らないまま、大阪の八尾市に移住する。私が高等女学校の試験をパスして通い始めて間もなくのことだった。

新しい家は、八尾の中心部から少し離れた場所、商店や住宅が建ち並ぶ町の外れにあった。以前は宿泊所として使われていたのか、一階には大きな釜が三個一度に煮炊き出来るかまどが残された広い炊事場があった。二階は大きな広間でお客の寝る場所だったのだろう。一階には大家さんの中年の女性がお一人で住まわれていた。我々はこの二階を使って暮らすことになる。祖母は階段を上り下り出来る状態でなく、階段の下に少し広いスペースがあり、ここを利用して寝起きすることになった。この床は板の間、今思うと当時マット等なく古い畳でも持ち込んでなんとかならなかったのかと思うが、敷きぶとんを重ねるくらいのなんとも痛ましい暮らしだった。冬の最中暖を取るのは炭火か練炭、今では考えられない。大阪では既に食料難は始まっていて、しかも初めての土地。知り合いもなければ、どこへ行けば何が手に入るのかも手さぐりの状態で、家族の中でも祖母の食べ物に苦労していたのは痛いほどわかる。子供の私に何が出来るのかと心を痛めた。当時を思い浮かべるだけで涙が出てくる。

祖母が日に日にやせ細っていくのをいやでも目にする毎日、こんな筈ではなかったと両親も思ったに違いない。

日を追うごとに戦地での負け戦のニュース、本土空襲も近いとみて、学童疎開が始まっていた。こんな中を逆に大阪へ出て行くなんて、父の思いがけない行動だった。どうして松阪で何か仕事をみつけてくれなかったのかと、心の中で叫んでいた。

父は片道一時間半かけて通勤、何故だかよく分からない。この住居の提供時、父は下見にも来ていなかったのか、疑問が湧いた。

私は八尾高女へ編入、駅まで歩いて八尾駅へ。電車で片道一時間近くかかった。勉強した記憶はなく、もっぱら人手不足の農家の手伝い。軍が使う何だったか憶えていないが、ミシン掛けの作業が多かった。竹槍で突く練習をしていたのはこの頃だった。

祖母は大阪に来て一年と少し、過ぎた三月に七十八歳で亡くなった。まだ馴れない土地でのこの状況の中、救いの手を差しのべてくださったのは町会の人達だった。葬儀の段取り他すべてを父母に代わってやってくださった。この時、どなたかの手で庭に咲いていただろう、木蓮の大きな一枝を供えてくださった。花屋さんもなかった時代、とても嬉しく思い、真っ白な花と香りは今なお目に浮かび心に残る。もっと長生き出来たであろう祖母の命。まさに戦争の犠牲者だった。

真っ暗で淋しい生活、弟と二人で下に降りると家主さんが声をかけてくださる。でもちゃきちゃきの大阪弁、それも早口なので二人には何を言っているのか分からず、いつもくすくすと笑っているだけだった。でもとても明るくて情のある人柄は我々の救いとなった。

一息ついた頃、父母はやっと別の住まいを探し始める。八尾駅の隣の久宝寺駅に近い古くからの住宅地、生垣の緑が道を彩る閑静な場所。この中で借家をみつけて転居した。

疎開・終戦

戦況はおもわしくなく、あちこちで玉砕、多くの兵士や知り合いの人々の相つぐ戦死、中学生までも学徒動員で戦地へ。我が家でも庭木を引き抜き、家族全員で防空壕を掘った。東京でもＢ29による爆弾や焼夷弾の攻撃でやられているというニュース、大阪も間もなくその洗礼を受ける。久宝寺の西隣が布施市、鶴橋、大阪への爆撃はここから始まったようだ。空襲警報のサイレンで防空壕へ、家族四人が入れる大きさではない、子供二人が入ったのだろう。ある日警報の終わるのを待って飛び出してみると、西の空が真っ黒に染まり、その下の方で赤い炎がメラメラとゆれているのが見えた。鶴橋・布施が焼きつくされた東大阪大空襲だったのだ。近鉄の路線と住宅街の間に用水路があり、水量はわずかだが、りっぱな土手が築かれ両側は道路となっていた。その向こう側を西の方から一列になって、顔はすすだらけで真っ黒、衣類は黒いこげあとが残り破けたり穴の開いた衣類をまとった人々が、次から次へと東に向かって歩いて行く。行くあてがあるとは思えないが、我々も見送るしかなく眺めていた。

父の兄は三越の裏手にあたる路道の奥で、自らが服地を仕入れ、オーダーメードのスーツをつくる洋服屋を営んでいた。証券会社が建ち並ぶ一角だった。彼は、次は大阪がやられると察知、京都北部の山奥に疎開した。その一週間後の大阪空襲で焼け野原になった。三越は奇跡的に残ったが、伯父の家はもちろんこの日の空襲は大阪中を焼きつくし破壊した。

東大阪大空襲で父母は危険を察知、弟と私を疎開させることを決断した。

どこへ連れて行かれるのか不安の中、奈良駅でバスを待った。このバスはかまどで燃やすのと同じ割木を燃やして走るのだ。初めて見たがここまで物不足はきていた。現在の地図で見ると目的地まで十七・五キロ程の山道を走ったのだ。かなりの時間がかかっただろう。

バス停で降りて歩く。国道は山道には入らず別の道を南へ向かった。ここは目のとどく限り田畑が広がり少し歩くと小川が流れていた。両側にはまっすぐにのびた高い杉の木が植わっていたのが印象的だった。この川を横切って、この左右も全て田んぼ、一キロ程歩いた先に農家が二、三棟並んで建っていて、その一番前の家がお世話になる家だった。どういう伝手《つて》でここを選んだのか知らなかったが、子供の私達には理解に苦しむことばかり。この家の家族がどういう人達だったのか今もって思い出せない。子供二人はここに置きざりにされた形で預けられる。ここの生活の中で唯一思い出すのは、食事の仕度で私がソーメンを茹でた時、お湯を沸とうさせてソーメンの束を散らばせないで一気に投げ入れた。知らなかったのだ。麺はだんご状になり食べられなくなる、弟は泣き出す、その後どうしたのか憶えていないが、炊事は私が担当してたのかもしれない。月に二度程様子を見に来てくれた両親は出来るだけ多くの食べ物を持って来てくれていたが、それだけで足りるものではない、おそらくこの家や周囲の方々から、野菜等の差し入れがあったのだろう。でも不思議と何に一つ憶えていない。

ある時、父母が何時の列車で笠置駅（当時の関鉄）に着くという知らせが入った。どうしてこの家の電話に繋がったのかよくわからないが、私は駅まで迎えに行くことを決断した。駅への道は行ったことがなく、地図を持っていたわけでもない。この決断は何故だったかよく分からないが、駅まではあのバスが通っていた一本道を北へ行けば突きあたると読んでいた。一本道なので父母と行き違いになる心配はないと思ったのか、ともかく時間の推定を考えながら、弟を連れて川沿いの一本道を歩き始めた。途中までは学校に通う道でもあり、緑の中を歩くのだが、三・五キロ（現在の地図で調べた）の三分の二程行ったところで、弟がもう歩けないと泣きだした。山道という程ではないが上りの傾斜道がきつかったのだろう。仕方なくここで待つように諭して、一人で駅に向かった。川の流れと反対側の少し木の密集した目立たない所でここを動かないで待つように言ったが、弟はさぞかし心細かっただろう、出発してから誰一人出会うことのない道だったが。

この道は中ほどで川が道の左側に入れ代わるのを憶えていたので、現在地図上でこれが今川であることが分かる。駅の北側で木津川に合流する川だった。水の量はさほど多くはなかったが、だんだんと底までの距離が遠くなり崖淵から下をのぞくと、とても怖かった。

電車が着くより先に到着して父母を待つ。迎えたところで少しの荷物を持たせてもらい大急ぎで弟の待つ地点まで引き返した。無事に待っていてくれた。ああよかったと胸をなで下ろした。

周りは山で囲まれ木々も空をさえぎって、見上げる空は小さかった。でもB29の機影が高いところを大阪に向けて飛んで行く姿を何度も見た。

学校は田畑の畦道を縫いながら小川を越え、国道三六九号から延びた公道を北に向かって二十分程歩き平行して流れる今川を横切って、ここも左右は田と畑、この間を十分程歩くと、小学校と高等学校が一緒の村の学校に行けた。私は高等部へ弟は小学部に転入させてもらった。ここで何を勉強し、どんな遊びをしたのか、これも全く憶えていない。この生活がいつまでつづくのかと不安で淋しい日々を送った。

戦は敗戦の色濃く、戦場では玉砕や撤退のニュース、本土は空爆による大きな被害、あちこちの都市が焼け落ちくずれ落ち、沖縄は上陸されて、多くの庶民が犠牲となる。そして広島と長崎への原爆投下、戦を終わらすための唯一の手段といわれているが許しがたい行為だ。この惨事の中で一億総玉砕が叫ばれる。政府は、軍は何を考え国民の一人一人をなんだと思っていたのだろう。

ここに来て四ヶ月程たった昭和二十年八月十五日、全児童が「校庭に集まるよう」アナウンスされ、運動場に座って待った。やがてラジオから流されたのは天皇の初めてのお声、戦争の終結を宣言されたのだ。その後どうなるのか考える余裕もなく、ただ父母の元に帰れる喜びだけで嬉しくて涙がこみあげた。

戦争に入れば常識や善悪が通じない世界。

原爆の実態は時間を置いてから、次々と明らかにされるが、写真は目をそむけざるをえない悲惨なものばかり、地獄絵そのもの。日本から仕掛けた戦争ではあるが、この原爆を使用したアメリカ、私の中ではアメリカ国民に対しては別だが、アメリカのこの許しがたい行為はアメリカ国の体質として頭にきざまれ、アメリカを好きにはなれない。戦争を体で知っている世代の人達は、決してアメリカにあこがれる者はいなかっただろう。

あれから四十年後、疎開した村を一度は訪ねてみたく、友の車でそれらしい場所を探したのだが、残念ながらみつけることは出来なかった。この辺りには、多くのゴルフ場が点在していた。

焼きつくされた四日市市

親戚や両親の知り合いが多かった四日市市は、敗戦の色が迫る中、爆弾と焼夷弾でことごとく焼きつくされ破壊された。

祖母の住んでいた家には父が学生時代に描いた絵が多く残されていた。父の姉の家も、母の弟が父と暮らしていた界隈も、近鉄四日市駅前のメインストリートに面して建てられていた菩提寺、大きなお寺は子供の頃よく家族でお参りにいった思い出深いお寺だったが、ここも潰された。後に父母が訪れて破壊の跡を確認したそうだ。石碑のくだけた一部を発見したという。寺はここで復帰出来ず遠くの山奥に移る。檀家も皆被害者となり、お金の出どころがなくなったからだと思った。この山奥のお寺に行くには四日市の駅から電車やバスを乗り継ぎ長い時間がかかるとあって、父母はその後も訪れていたが私も弟も一度も行くことはなく、後に親戚の方の伝手で縁もゆかりもないお寺へ移し替えてもらう。ここなら少しは楽に行けると考えたのだろう。

私はその後、年を取った時のことを考え、誰でも受け入れてもらえる京都のお寺に再度移した。

母の弟は兵役に達していなかったので、父と二人で四日市に住んでいた（私の祖母にあたる彼の母は亡くなっていた）。火の海にされた時の様子を現場に行って話してくれた。焼夷弾に囲まれて逃げ場を失った人々が近くにあった川に次々と飛び込んで流されてゆく、衣類は炎で燃えている、辺りはどんどん火が追って来る。川べりの人も助けようのない有様だったそうだ。この川は、私の記憶では巾が二メートル位あったと思う。見る間におぼれて死んでいく人も多く、叔父は父を抱き抱えるようにしてこの場をなんとか脱出したと話してくれた。

その後祖父は一緒に住む所がなく、息子と離れて私の家で預かっていた憶えがある。

とても温厚な人柄で、どなったり怒ったりしているのを見たことがなかった。子供のころに、まだ母の妹も一緒だったころよく訪れた。その時祖母は病気で床を離れられない状態のようだったが、長い間喘息で苦しんでおられたようだ。祖父は何日も側につきそってやさしく目守っておられる様子だった。御苦労をされてこられたのだ。

仕事は今でいう証券会社のようなお店で働いておられたようだ。母もその妹も当時まだあまり一般的でなかった女の子が高等教育を受けて職業につく道を選ぶというコースを、彼がみとめてくれたのだ。母は小学校、妹は幼稚園の先生をしていた。

これらのことを知ったり認めたり出来たのは大人になってからで、家に居候の形で一緒に生活した時、もっとこの祖父に対して、大切に接してあげられなかったのかと今でも後悔する。

その後東芝に勤めた叔父は社宅に入って、祖父は四日市へ戻ることが出来た。食べ物に不自由していた時代、子供心にも一人増えれば分け前が減る。それを実感せざるをえない現実。この思いは祖父に接する態度の中に自然に出てしまったと思った。悲しい時代を生きなければならなかった。

三　戦後

食料難

疎開先から大阪久宝寺に帰って来た。米は配給でそれだけで満たされる量ではない。しかも食べ盛りが二人。米だけではなく全ての食べ物は品不足、国民の欲求を満たすには程遠いものだった。

防空壕を壊す作業から始まり、庭木の多くを抜き取り畑にする。野菜作りを始めるのだが土は全くそれに適さない痩せた土。肥料等売っている時代ではなく、素人の野菜作りは何一つ育たなかった。周りの生垣沿いに蒔いた南瓜が実をつけ、中でも糸瓜の形をした物が大きな実をつけてくれた、食べてみると買って食べた物のようにおいしい。これは成功例だ。

庭の角に一本のいちじくの木が植わっていて実がなっていた。いちじくは差し芽で増やすことが出来ると聞いて、数本の木を育てる、わずか一年で食べられる実がつくのだ。甘いものも手に入らないこの時代、これはすばらしい贈り物となる。

朝早く冷たいいちじくをもいでほおばる。楽しい一時であったが、この実の中には、ありやぶんぶんがひそんでいることがある、それを知らずに口にすると大変なことになる。弟が一度ありに唇を噛まれたことがあり、彼はこの記憶が忘れられず、その後一切いちじくは口にしなくなった。よほど痛かったのだろう。

どんな物を食べていたのか、気憶に残るのが「いなご」。これも田んぼの畦、空地の草原で捕まえに行かねばならない。そう簡単に多くを集めるわけにもいかないが、これをまず羽を取り、火で煎りその後つくだにのように煮る。これはこうばしくておいしかった。さつまいもは、いもそのものは手に入りにくく、収穫した後のつるをもらってきて、葉っぱのじくを皮をむいて煮て食べた。へびを食べたという人もいたが、おいしかったそうだ。

米はどうしても補給せねばならない大問題だった。大阪には知り合いもなく、母の親戚を頼って四日市へ。これも直接農家の知り合いはなく、橋渡しをしてもらっての闇米の調達を余儀なくされる。

米農家はお金で売るのではなかった。特に着物は貴重品とあって、母の着物はみるみるうちに消えていった。物物交換の対象だったのだ。

米の買い出しは近鉄を利用して四日市へ。名張を経由するのだが、帰りの電車には警察官が乗り込み、正規でない米を持っている人を見張っているのだ。この路線は闇米を買い出しに行く運び屋が多く乗り込んでいる。これを知っていて途中の駅で列車を乗り換えさせる。プロの運び屋は買い付けた米を車内に残したまま降りるより仕方ない。それだけではない。乗っている一人一人の荷物を調べるのだ、子供が待っているわずかな量の米も全て没収され、場合によっては犯罪者となる。

ある時、私と弟も父母と一緒にこの電車に乗って買い出しに行き、全くこの通りの目に遭った。一粒の米も持ち帰ることは出来なかった。

この非情な取りしまり、平然と行っていた政府、没収した米は誰が食べたのか知りたい。

闇米とわかっていても、足らない米をなんとかしてほしいと願う人達にとっては、運び屋が頼りなのだ。

こうして手に入ったお米は、ほとんどが玄米に近い物で、このままでは食べづらい。そこで一升ビンにこのお米を半分程入れる。口の小さいビンに入れる作業も簡単ではないが、それを、竹の棒の先に少し綿をつめ布で包んだ物をつけて突く。これも簡単ではない。かなり疲れる仕事で、家族がかわるがわる交代しながらの作業だった。誰が考案したのか、当時どこの家でもこの作業が行われていた。白米は当時見かけることもなく、六分づき、七分づき位が食卓にのる御飯だった。

大阪で一番早く食べ物を売る店が並んだのは、あの焼け野原となった鶴橋。バラック建ての店に人々は群がった。韓国の人が多く住まわれていた地域、母国からの差し入れもあったのではと思う。店は一軒ずつ増えてゆき、闇市として有名な場所となった。

足りない食料は米だけではなく、全ての食べ物が手に入らず、栄養不足が蔓延し多くの人々が結核におかされた。多くの死亡者が出たのもこの時代だ。

学校へは復帰出来たものの、勉強の時間は僅か、少しでも食べ物を供給すべく農作業に多くの時間がついやされた。

学校から電車で一つ目の信貴山口へ、そこからは歩いて山の中腹へ、空地を開墾したのだ。四百三十七メートルの山頂にはお寺があった。ここは信仰の山なのだ。そのためか戦前は登山列車というのだろうか、下にはそのために敷かれていたレールが残っていて、この線路伝いに登って行った。木や草を掘りおこして、畑にしてさつまいもの苗を植えた。つるを四、五十センチに切ったものを土に差し込んでゆくだけで、これにあのいもが出来るのかと不安だった。しばしば水やりにはおとずれてはいたが、収穫の時がきて掘り出した赤い色のさつまいもを見た時、今までの苦労もふっ飛ぶほどうれしかった。

みんなで分け合って家に持ち帰り、家族で食べた。さつまいもは貴重品だったのだ。

農家への手伝いも続いていたように思う。小学六年生の頃から農作業の手伝いは始まり、田植え、雑草抜き、稲刈りに脱穀、これは脱穀機を足で踏んで回しながら手に稲束を持って脱穀するという効率の悪いもの。ともかく米になるまでの一連の作業を実習したことになる。

少しずつではあるが、勉強も軌道に乗り始める、そこには絶対使ってはならなかった英語もあった。

企業職場

父の勤めていた会社は、軍の使う武器の部品を作っていたそうで、敗戦後しばらく鉄材を使って鍋のようなものを作って当座をしのいでいたようだが、材料が尽きると会社は倒産し、またしても父は職を失う。昭和二十二年のことだった。

父の履歴書には大阪府生活協同組合で嘱託と印されていたが、新聞の求人広告を見る毎日だった。

やっと見付けたのが、自分が生かされるであろう商業美術の分野が期待される化粧品会社、桃谷順天館だった。五十一歳の父をよくぞ受け入れてくださった。会社も戦中は本業からはずれていて、やっと元の化粧品の製造と販売を始めた。復興間もなくの時期だったと思う。商業学校で商業デザイン、商品の広告等の経験が考慮されたのであろう。

街頭に張るポスター、新聞にのせるキャッチフレーズ、商品のカバーデザインと仕事は多かったが、好きだったこの分野で仕事をすることは嬉しかったに違いない。

海外から送られてくるメールや雑誌等を日本語に訳す仕事も加わった。英語に限らずフランス語、ドイツ語等を読みとくくらいは出来たのだ。書も楷書、草書、行書等プロ並みの腕前とあって、社長の代筆をまかされたりした。当時の会社の看板は父が書いたそうだ。こんな特技はいつ身につけたのだろうか。すごいなと思った。

やっと落ち着くことが出来ると思っている矢先、思わぬ不幸が待ち伏せていた。

父の友人の一人から借金を申し込まれた。お金に一番余裕がない家庭であることは誰からみても分かっているのに、何故父に申し込んだのか。他の友人達にも借金の申し込みをしたが誰一人貸してくれる友はいなかったからだった。みんな、彼が借金を返すあてがないことを、調べたり、見抜いたりしていたのだ。

母は、絶対ダメ、と貸すことに反対した。父はすぐに返すという言葉を信じて、我が家の全財産といっていいだろう、母が私と弟を大学に進学させるために少しずつ貯めていたお金を貸してしまった。父の給料の二年分の額だったと聞いた。結果は母が予想した通りで、一円のお金も戻って来なかった。

当然私は進学をあきらめ、勤めに出ることに、弟は奨学金が受けられる国立大学に絞られる。懸命の努力をして神戸大学の経営学部に合格した。

学校の制度が今までと違う制度に変更される年であった。小学六年間中学三年間高校三年間その上が大学となり、私は高等女学校五年間で卒業出来る最後の年度となる。希望者は高校三年に進学することが出来た。

家庭の事情から一年でも早く社会人になることが望ましく五年で卒業した。これから落ちついて勉強出来るだろうと思っていたが、私の学生時代は本当に何を勉強したのか、何も残っていない。家族の中でも（弟は後に中断せざるをえない出来事のため卒業は出来なかった）父は今でいう大学、母も師範学校を卒業して小学校の先生をしていたので、学歴が一番低いのが私だった。

中学から男女共学となったのもこの年からだ。振り返った時、大学で勉強出来なかったことはさほど残念だと思わなかったが、同じ年頃の男性も女性も、心の触れ合いの出来る友人を持つことが出来なかったのは、淋しくて残念だ。

復興は繊維産業から

就職は父の友人の紹介で大阪本町にある繊維の貿易会社・田附といった。この界隈には伊藤忠、伊藤萬、丸紅といった、今は世界のトップクラスの貿易商社となった会社が立ち並んでいた。出発の地点がここだったのだ。

入社したものの特技があるわけでもなく、よく言われたお茶くみと雑用係、貿易事務の書類を通産省の出先機関に届けるような仕事が多かった。

本町筋と長堀筋とを結ぶ交差点に面した場所に、戦火からまぬがれた八階建てぐらいのビルがあった。その名は産業会館だったと思う。最上階がダンスホールになっていて、大きなフロアーは、世界のソーシャルダンスのトップクラスのダンサー達が踊りを競った場所であると聞いた。その頃は誰もが利用出来るダンスホールになってい て、私の科の社員の数名は毎週のように土曜の午後を楽しんでいた。全くダンスを知らない私も誘われ、手取り足取りみんなから教えてもらった。南には、バーを兼ねた二つの大きなダンスホールもあり、この時期ソーシャルダンスはポピュラーな娯楽となっていた。

当時女性の仕事のあこがれの一つはタイピストで、それならばと会社が退けてから英文タイプの習得を目ざして教習場にかよった。

日本の絹織物は世界に珍重され、それと共に綿製品も多くの国々から引き合いがくる。当時の花形産業となり、日本を支えたのだ。

英文タイプを習得したものの、今の業務から異動とはいかなかった。仕方なくタイピストを募集している会社をさがす。

新聞広告でみつけた会社は梅田新地の御堂筋に面した場所にあった。当時の日本を盛り上げていたのが繊維織物だったが、それに追随して、織物の機械も輸出産業の担い手であったようだ。この会社はその機械の部品を造る会社だった。この頃、貿易業務は全て通産省への書類審査が必要で、英文タイピストはその書類を作るためのものだった。この事務所には十数名の事務方の社員がいて、社長も同じ部屋で業務をされていた。女性の社員は私以外に年配の方がお一人おられるだけ。この女性はおせっかいな人で、この社員の中の独身の二人の男性のどちらかを私に押しつけるように話を持ち込まれる。二人とも私のタイプでないので逃げ回るのに苦労した。

やがて織物と同じにこの機械の貿易も下火となる。後進国といわれたアジアの国々が、技術を習得し、安い賃金で日本にとってかわった。

この会社も業務の継続は困難となり、ぐらぐらゆれていると伝わって来る。

その時友達から英文タイピストを探しているという情報が入り、彼女の紹介で伺ってみた。当時の名は三井化学工業の大阪事務所だった。戦時中は戦争に必要な化学物資を造っていただろう会社も、この頃はまだ次の目的に合う物質を研究し模索していた時期。敗戦後すぐに行われた人員整理が八〇〇人と聞いたが、その二期目が同じ位の人数の首が切られるという最中だった。工場関係の人が多かったようだが、事務方も安心していられる状態ではなかったようだ。

後に主人となる人の話でも、この時びくびくしていたそうだ。首がつながってああよかったと胸をなで下ろしただろう。

英文タイプの仕事は多くはなく、同じ部屋で仕事をされていた所長の秘書を兼ねる。特別な任務はなく名前だけ頂戴したような、気軽な気持ちでやっていけた。

場所は中之島の三井ビルの五階だったと記憶している。当時は隣に帝国ホテルがあった。昼休みは一階に下りると道をへだててすぐ河岸に出られ堂島川と土佐堀川に挟まれていた。セーヌ河のように船が行き交うことはなかったが、深い青の水面はよどみなく流れ、対岸の様子を見ながら心休まる一時が嬉しかった。石造りの橋や欄干は戦火をまぬがれて彫刻も残っていた。

戦争に必要な軍需産業にかかわっていた企業はことごとく潰れたり、別の目的を探して方行転換するしかなく、企業も社員も大変な時代だった。

三井化学は石油を原料とするプラスチック系の物資を、ガラス、紙や布や木等いろんな物の代わりとして使い始め、ポリエチレン、ポリエステル等を生み出し、今ではなくてはならない原料となった。今も身の回りでプラスチック製品に囲まれての生活をしているのだが、これも世界の軍事産業に大きな力を持たせてしまったことは悲しい。

ともかく先にものべたように大学に行かなかったので、年頃の男性と出会う機会は職場の男性に限られた。同じフロアーで仕事をしていたのは三十人程だった。紹介してくれた友人を含め同じ年頃の女性が四人、中年の和文タイピストの女性一人、後は男性だがどんな人達だったかよく憶えていない。その中の男性の一人の御両親が仲人を仕事にされているとあって、私の主人になる人の母にあたる方もこの仲人さんに息子の嫁を頼んでいたそうだ。

その網に引っかかった形で、同僚の男性と結婚することになった。給料が少ないことも分かっているので、このまま働き続けるつもりだったが、どうしてもやめてくれと言われて退職した。

案の定、新婚生活は、悲惨といってもいいほどの生活難に苦しんだ。新婚生活は友人の家の二階に間借りすることから始まった。次は市営の鉄筋の集団住宅が抽選で当たったというので、東住吉区の針中野にある住居へ移った。駅まで三十分程歩く。周りは田や畑に囲まれていて、買い物は駅の近くまで行かないと出来ない。ここまで来るとなんでも揃う市場があり威勢のいい魚屋さんがあった町のことを思い出す。魚も新鮮なものが何日も並んでいた。

給料が入るとまず家賃を確保、お米代電気代ガス代水道代と小さな袋に仕分けして現金を入れた。残りのお金でなんとか日常の生活のやりくりをする。少しの貯金は持っていたが、これを使うことはしないと決めていた。何か大事な時のことを考えてのこと、次に社宅に移るまでは、考えられない程の貧乏暮らしをした。

同僚の女友達は、会社には独身の男性が数人おられたと思ったが、結婚しても生活出来ないと踏んでみえたのか、誰も結婚相手に選ばなかった。その後に知ったことだがみんな同僚ではない人と結婚された。

生活

やっと社宅に移ることになった。

上六と阿倍野の中間地点、難波へ出るのも三十分あれば行ける。少しは落ちついて自分のやりたいことを始めるチャンスだと思った。しかしそれにはお金が必要。主人の給料からの支出は無理となると、まずお金を稼ぐ方法を考えなければならない、そこでタイプのアルバイトをすることを考えた。正規に働くことを主人は許さない。彼と私の年の差は九つ半あった。一時代が違うといってもいいほど、考え方も社会通念も違っていた。彼は嫁を働かせるのは男の恥と心得ていたようだ。

仕方なく主人の勤務中に働ける場所を探す。内緒で働くことにしたのだ。新聞広告で探した。個人で毛織物の貿易を営む会社、社員も家族の他一人というので、とても融通がきき、おまけに社長の出身地が松阪と聞いた。場所も歩いて行けた。ここで二年程働いた。それから洋裁学校へ。

ここで主人がどういう人なのかという話。戦時中にもどると、彼は陸軍航空隊に志願、どうせ赤紙が来るのならと考えての行動だったそうだ。飛行機に乗り大学を出ていたので指導する任務が課せられたそうだが、敗戦も近くなると、人間が飛行機もろとも敵の戦艦等に突っ込んで自爆する、あの特攻隊なるもの、敗戦の前の年から始まった神風特攻隊だ。

　本土から毎日のようにくり出された特攻隊として乗り込む兵隊、これを誰にするか定める役目が彼にも回ってきたのだ。基地によっては飛行がなくなるがこれは敗戦まで続く、それはどれ程辛く胸の痛む仕事だったか、この一言で察することが出来たので私はその後それ以上のこと、また戦時中の話はいっさい口にすることはしなかった。彼も話すことはなかった。思い出したくないあの時の現実だ。

　洋裁をやりたかったのは母が早くからやっていたからだ。私が五、六歳の頃にはミシンがあり洋服を作って着せてもらった。シンガーではなかったがまだミシンを持ち洋裁が出来る人はごく僅か、服地を一緒に買いにいって選ぶのはとても楽しかった。出来上がった服を着る時も自分だけのオリジナルに喜びを感じた。こんな思いもあって、また服を作る喜びを、経済的にも助けになると思ったから、他のやりたいことより一番先にこれを選んだのだ。

　ここで涙ぐましい思い出。戦後洋裁をしたくても服地は全く売っていなかった。ミシンは母から習って少しは縫うことが出来た。そこで身内のどなたかが復員で持ち帰った軍服をもらい受けた。軍服は純毛で出来ていた。丁寧にほどいて、そこから自分の上衣を作った。カーキ色の服は見ばえもよくなく、できばえもよくなかったが、着られる服を作った初めての作品となった。

第二章　未来に向けて

一　長寿になって

世界の人口は増え続けているのに反して、日本、韓国をはじめヨーロッパの国々では子供の生まれる数が年々少なくなり、今や国をあげての大問題なのだが、何故こんなことがおきているのか。

韓国の若者達は老人を養い介護するための人手不足を補うには、子供を多く産んでもらいたいという政府の意向には同意出来ないといっているそうだが、たしかにこれには異議が出るだろう。

北欧では徹底した老後保障のため、給与や所得から税として多くを国におさめる仕組み、この税率は日本人には耐えられないと思う。介護、看護が必要な人は年々増えるだろうことは予測出来たはず。早くから政治の場で考え議論し良い方法も提案して、国民と共に方向転換をすべきではなかったのか、個人の考えとしては、医療の問題も大きくかかわってくると思った。

介護や看護される側の人数が増えれば増えるほど介護や看護する側の人も多くを必要とする。今現在でさえ人手不足、それにつれて質の悪い人が増えている、資格さえ持っていれば受け入れ側はその人がどんな人なのかチェックもせず、職につかせる。介護や看護してもらう側はたまったものでない。こんな人に資格をあたえるのと疑問がわいてくる。

今現在がこの有様、今後この数値は改善されるとは思えない。

貧富の差がますます大きくなっているといわれるが、現実はこの言葉では言いあらわせない程のものだ。食べる物がなくて餓死寸前の子供達の写真がＴＶで毎日放映される。この実情がある一方で豪華で贅沢の限りを楽しむ暮らし、例えばプーチンのフランスで購入したお城のような大邸宅がＴＶで放映されていたが、あの共産主義の国のトップがと驚いた。それを超える大富豪達の存在はいくらでもある。でも何故こうなったのだろうか。

貧しい国の人々に対し、自分達にその原因があるように報道されることが多いが、その元を作ったのは欧米諸国ロシア中国も含め資源を横取り、掘削の技術や資金がないこれらの国々からその権利を手に入れ、その国に利益はほとんど還元されなかったばかりか、今もってこれらの資源は自国の自由にならない。

この多くの国々は、身の回りにある物を利用して着る物を作り、食べ物を収穫し生活していたのだが、資本主義社会はこれを許さず自国で生産される衣類等を持ち込み、不要と思われる物も押しつけ彼等の生活を一変させてしまった。それは彼らの幸せにつながったのだろうか。そうではなかったと私は言いたい。

椰子の葉っぱで手編みした蓑を身につけ、手作りの弓矢で狩りをする、たろいもを少しの土地で作り、椰子や自然のめぐみで生活する。周りは緑でいっぱい、こういう生活を続けている国や地域が地球上にあっても良いのではないか（小さい集落でこのような生活を今も続けている人達はいるが）、資本主義は自由と民主をとなえながら他国の自由と民主を奪ったのではないのか。

共産主義の考え方はもっともだと思うのだが、その扱い方によっては、とんでもない方向へと突っ走る。まずそのトップが誰になるか、これは恐ろしい今現在がそれを物語っている。

主義にこだわらないで地球上の全ての人達が平和で安全に暮らしていける世界に早くなってほしい。

二　教育

少子化問題の解決の糸口がつかめぬまま、政府は小出しの援助策で対応しているが、これで効果があると思っているのか、お金ではないでしょうと言いたい。

子供を産んだら次は教育が待っている。この教育費の問題に今親達は頭を痛めている。学費の出費、教材その他も含めると幾人もの子供を抱える者にとっては一時的な政府が行う援助ではどうにもならない。

日本はどうして学費を無料にする制度を作らないのか。公立大学まではそうしてほしい。他の国々では教育費の無料化を進め実行している国が増えている。それを支えるお金がないといえばすむことではない。それをなんとかするのが政府の仕事であり決断であると思うのだ。

世界の国々の人々が、公平に、出来る限り幸せに生きるすべを、国のトップが真剣に考えて政治にたずさわるべきだ。

現在、多くの国では国民の選挙によって政治家が選ばれ、国のトップもこのシステムで選ばれる者が多い。となるとこのトップが行うことはその国民が選んだことになる。その責任も選んだ国民にあるといえるのだ。

これ程大切な選挙、日本ではあまりにも大切だと思わない人が多い、選挙投票に行く人が五十％を切る現実、七十％以上にしなければ意味がなくなってしまうのでは。

これも教育の場での政治の大切さを教えて来なかったからだろう。

今教育の場では担任の先生が受け持つ一教室一クラスの生徒数が問題になっている。一クラス三十人にすべきという議論が闘わされているが、先生の負担は減るだろうが、生徒の学習の成果が上がるというのは信じがたい。本当にそう思っているとしたら危険だ。

まず先生の質を上げること。先生の給料は他の職業にくらべて低いのでは？　昔はその逆だったので、先生になりたい人も多く、実際に先生になるのはその中から選ばれたいわばエリートだった。学問が出来る以上に人間性が問われる職業、このへんのチェック機能はどうなっているのだろう。免許じゃなくその人間で判断すべきだろう。

まずは教員を教育する機関または学校の質を上げることから始まり、ここから政府はお金を出すことに協力すべきだ。先程述べた給料も他の職業より良くする。誰でもなれる職業ではなく、やはり教育者にふさわしい人が選ばれる仕組みを作り、これが生徒達を導いて人間として社会に通用し、自分も幸せで大人になるための道筋の第一歩となるのではと思う。

政治で大切なこと、経済、経済と毎日のようにテレビで騒いでいるが、教育、教育とその大切さを多く大きく取り上げてほしい。

先生は生徒との関係を友達と位置づけたのだが、これは勘違いもはなはだしい。先生は尊敬に値する人間でなければならない。学問のことばかり、点数の良いことばかり考え、気にする教育のあり方を考え直してみてほしい。人間として社会に出た時危険におかされず、危険な行為をしない、他人を大切に思う気持ちを基本にして、持てる力を活用し一人の人間として生きる、そういう人になる基礎を作るために、先生は生徒を育てていくことに情熱を燃やすべきだと思う。

先生のせいとは言わないが、増加が目に余る犯罪の数々、教育の場でやるべきこと、数えるべきことがなされていないのではないか。

三　値段の表示

値段の表示が大きく示されているのは消費税抜きの値で、下に小さく税をプラスした実際に払う金額が示されている。これ逆じゃないですか？　消費者は実際に払う金額が知りたい。一見して分からないこの値の表示法は変えるべきだと思う。他の国はどうなのかも知りたいが、消費者に不親切な表示であることは間違いない。

見たところ少しでも安くみせたいという心理なのか。これに似た何故といいたいことに、昔から言われてきて、あたり前のような認識で接していることに、箱の底上げがある。大きく、多く見せる。今もスーパーで使われているお魚等、プラスチックの容器もそうだ。蓋を開けてびっくりすることが多い。底上げだ。もちろん重量や数の正確な数値を標示することが義務付けられている場合は表示されているが、買い手はこの数値を見るより見た目で買ってしまう。本体の質と量が正確に分かる包装のあり方を考えてほしい。ごみの量を減らすことが出来るパックの仕方、材料も考えてみる必要があるのでは？

四　土地は個人のもので良いのか

現在共産主義国以外の国々は、土地は個人のものとなっているのだが、これで良いのだろうか。広い土地があり人口の少ない国ではあまり問題はないとしても、日本のように狭い土地に多くの人が暮らしてゆくには、今の土地保有のあり方は問題がありすぎるのではないか。個人所有を認めるなら制限をすべきだ。そうすれば使っていない土地の利用を拡大することが出来る。農地で跡継ぎの子供達がそこで農業を職とする場合は特別とし、そうでない土地は一代限りのものとする。相続したい場合は改めて講入の形を取る（なんらかの優遇措置はあるとしても）。

これで貧富の差は少し縮まり、公平感も出てくる。

出来る限り土地は公共のものにして、使う側は借りる形でお金を払うのが理想。災害時に弱い土地には建築をさせない措置を取ることも出来る。インフラ整備、道路や橋の場所変更の場合も、住宅の立ち退きは今より良い場所への転住も可能になり、いざこざをおこさないですむ。農地もしかり。

中国人の日本本土の土地買いが問題になっているが、これ等も防ぐことが出来る。自由がもたらすとんでもない落とし穴に充分気を付け、前もってなんらかの規制の網を張っておくべきだろう。気がついた時には、とんでもないことになっているというのでは、遅すぎる。

五　交通手段

バス、電車等の公共の交通手段のない場所には車は必要である。しかし誰も彼も車を持つようになり、公共の交通を利用しなくなった。車の運転が出来ない人だけが利用するとなると、公共の乗り物は衰退していかざるをえない。本数は減りやがて走らなくなる。この現象はどんどん増え、お老寄りの交通手段、お老寄りだけでなく学生さん、運転出来ない多くの人をどうやって輸送するか、各地で問題になっている。

ある国では車の台数は増やさない法律を作ったという。どこかでこの増え続ける車を止めさせなければと思っていたので、これはビッグニュースだと思った。

資本主義社会、民主主義社会、自由だ自由だと叫んで交通手段の車が増え続けることに今まで何の規制も行ってこなかったが、石油の資源はいつまでもつのか。電気、電池、水素等で走る、石油に代わる車の開発中だが、燃料の問題だけではない。性能が良くなった新しい形だと言って次々に売り出される車の数々、多く売って会社を企業を盛り立てる、その裏で多くが廃車になりごみとなる。後進国へ輸出される車もあるが、それは全てではない。

多くの廃車のごみ、資源の浪費を止める時機にきている。利益中心に考えてきた経済、それだけでは立ち行かない未来が来る。

六　自殺

尊い命を自殺という形で終わらせる、その原因はいじめやいやがらせを受け、誰もこの実状を真剣に聞いてくれる人がいなかったから。こんなことはあってはならないが、だんだん増えている。今日も宝塚歌劇団の若い子の自殺が報じられた。

どうしてなのか分からないが、崇高な心の持ち主の人間と、逆に人を困らせて喜ぶ心を持つ人間がいるのは確かだ。後者に周りの人間がやるべきでないと忠告する、これもなかなか難しいし、これに従う者も多くはないだろう。

被害者は誰に話をしていいか悩んで、その相手が見つからないと思ったケースが多いと思う。まずは誰でもいい。学校ならば担任の先生だけでなく校長先生をつかまえて話してみる。友人にも一人でも多くの人に自分がされていることを伝える。黙っていては気づかれない。自殺を考える前に、まずやるべきことはこれだ。

いじめは学校だけではない、職場でもひんぱんにおこっている。

ここで一つ提案をしたい。学校なら一週間に一度十五分程の時間をさいて、生徒に質問して欲しい。「今いじめられている人は手を上げて」「誰から」と言える者はこれもこの場で把握する。話もその場で聞く。いじめたり、いやがらせをされた相手は自殺する者もいる。これは犯罪なのだと伝える。もし同級生ならいやがらせをする正当な理由があると思う者は、この場で話すことも出来る。

学校なら一週に一度を提案したが、職場では朝礼とか皆が一堂に集まる時を利用する。

その場でいじめではないかもしれないが、こういうことをされて困っているといった話等なんでも話してもらう場にして、エスカレートさせないで未然に防ぐ。やってはいけないことと言ってはいけない言葉を学び取る場にもなると思った。

私自身老人ホームに入っているのだが、いやがらせを何度も受けている。同じ入居者からなのだが、ホームの職員に話しても、相手はやっていないと言っている、で何度もこの手ですまされてきた。こういうこともあるのかと不信に思うが、残念だがこれ以上立ち向かって行くエネルギーは、今はもうない。

私の提案を長く続けていけば、良い結果が出ると思う。手を上げられなかった子や人も次第にこの場が大切な場であることに気付き、勇気を出してくれると信じる。

七　宇宙と人工衛星

宇宙開発は何のためにやっているのか、よくわからないのだが、月や火星に人が住めるかどうか、本気で地球を脱出して他の惑星に住むことを考えている人がいるのか、正常な人間の考えることではないと思う。未来に地球を脱出せねばならないことがおきたとして、どれだけの数の人間が移動可能なのか。それよりもこのエネルギー、お金、人材を、この地球をより住みよい安全で安心な人間の住み処にして行くために使ってほしい。

今や宇宙に存在する人工衛星は数知れない程多くなっている。現在役立てている衛星のほか、使命を終えて芥となった無数の衛星。もうすでに危険な状態だというが、これらを回収出来る方策はあるのだと言っているが、それが本当だとして、回収された人工衛星を何処に持って行くのだろう。規制が必要だと思うが、それがあっても守らない、不正をなんとも思わない国やそのトップがいるのも現実なのだ。世界中が協力して地球を守る方策を取ってほしい。

人工衛星から送られてくる情報は人間の生活に役立っていて、今やなくてはならない。が、この中には危険なものも含まれている。情報を盗み取る、それを加工して本物のようにして発信する。いろんな手口で悪用する国や、グループ。喜んでばかりいられない現状だ。

ともかく規制なくこのままこれ以上打ち上げるのには、多くの危険が待ち受けていることに気付いてほしい。

八　神と自然

熱帯魚を見ていると、どうしてこんなに美しいのだろうと驚く。色の変化、模様の複雑さとバランスの取れ方、これが種類ごとにしかも雄と雌とでも変化をつける。名工やすぐれた画家何百万千人が、図柄を考え、形を考え、採色をほどこしても熱帯魚のみならず蝶や鳥、自然の動植物の色と模様は作れない。どうして出来たのか不思議でならない。

山や川、森や谷、美しい物ばかりではなく、恐ろしい物、あるいは資源であったり多くの野生動物だったり、自然が造りあげた物の驚異に驚きと崇高さを感じる。どう考えてみても不思議だ。

人間が考えて科学で説明のつかないものは、神が造った、神の意志でおこなったと説き伏せようとしてきたキリスト教の世期がある。科学で説明する者を徹底的に排除してきた。宇宙や天体の存在もそうだ。

日本の宗教も神を崇拝することから始まったと考えられるが、自然の一つ一つが神と位置付けていた。山であり水であり、木であり岩であり石であり、木にも花にも全て生ある物は神とする信仰は、自然を大切にしようとするメッセージだったと思う。例外は人間だ。人間は神ではない。

私が不思議に思った生き物、とりわけ熱帯魚や蝶の文様、全てひっくるめて自然は神だと言いたい。

この自然が次々に破壊され形を変えてしまった。

地球温暖化、異常気象、人間のエゴでおこっている現象、早くから言われてきたにもかかわらず前進したとはいえない現状。自然の全てを大切に思い大切に扱う民族が生き残るだろう。

九　食料と運送

人手不足、運転者の不足、ガソリンの値上げと騒がれているが、物流の手段としての国内や国外へ貨物車、船その他全ての輸送には燃料と人間が必要なのだ。ここをなんとか減らさないと全て解決しない。

物は高く売れる方へと流れてゆく。身の回りの畠や海でとれた新鮮な物が食べられない。スーパーで並んでいる魚、輸入品、冷凍品が大半を占める。目の前は海、瀬戸内で明石鯛、たこ、はも、あなご、とおいしい魚が水揚げされるのだが、スーパーに並ぶのは、幅の狭い二級品のあなご、三級品のはも。私が買い物に行くスーパーは阪急系列で大きくはないが仕入れるのに不都合はないはず。どうして入って来ないのか。輸送費をはらっても、高く売れる所へ出て行くのか。これが資本主義経済なのか。野菜も同じ、輸入品が多く国内産も北海道その他遠くから運ばれてくる。多く生産出来て安く売れるからだが、やはり近場の物を利用し、輸送の距離を短く出来るような生産体制がとれないのかと思う。全てとはいわないが。

世界が、日本が、何時どんな天災や、人災におそわれるか、それによって思いがけない事態がおこらぬとは限らない、食べ物の自給自足の方向性は一歩でも進めておかなくてはならない課題だと思う。

もうすでに酪農を営む農家では、家畜の餌の高騰で立ちゆかなくなり、多くが廃業に追い込まれ、今後の牛乳、牛肉、玉子等の品薄がさけられないという。飼料を輸入一本に絞り込んできた結果のようだが、世界が、地球が、どう変異するかわからないのだから、政府も読みが浅い政策をとっていたとしか考えられない。農業だけでなく他の政策も少し広く長い目で考えねばいけないのではないか。

人手不足に対応して、北海道で牛乳が自動で絞れる巨大な工場に政府は肩入れをして建設費の半分を支払っていると聞いた。その額四億円。一ヶ所だけでない。今回はこの巨大化が裏目に出た一例だ。

十　デパートもなくなるの

コンビニ、スーパーが出店した当時便利になると嬉しく思ったが、そうではなかった。どんどん大きくなり増え続けることによって、周りの個人商店は立ちゆかなくなる。魚屋さんの店先で入荷の情報を聞きながら、新鮮で値の安い物を選ぶ。店員との会話も楽しい。八百屋さんも同じ、お肉屋さんでは生身の肉を買ってその場でミンチに。今スーパーで買うミンチはどんな肉をミンチにしたのか分からない。使ってみると筋肉と思われる固い物が混ざっているのがわかる。昭和の昔は店頭で売り手と買い手が会話しながら自分の要求により近い物を手に入れられるシステムだった。

スーパーの売り場では、表示していますというだけで他のことは分からないままの買い物。このシステムが合理的でもうけが良いのだろうが、人間性はどんどん失われてゆく。

この傾向は買い物に限ったことではない。全てに表れているのを見ると、やはりこのまま突っ走ることに賛成出来ない。デパートで食事を楽しんだ世代にとって、次々にデパートがなくなるのは淋しい。心情の問題だけではない。

後から進出してきたIT産業、大手の企業等が業種をどんどん増やして、小さな企業、個人営業等を立ち行かなくさせ廃業に追い込んでしまった。そういう社会でなく、みんながそれぞれの分野で力を出し、営業が成り立って行く、そういう社会に戻ってほしい。

大きなフロアーを独占し、なんでも揃うことを売り物にしているお店があちこちに進出して来たが、これは国民の多くが望んでいるのだろうか、小売り業者をもう少し大切にしてほしい。近所に店はなく車がなければ買い物にも行けない。

対話で思い出すのは、昔は村や町の道路の交差点に交番があり、おまわりさんが駐在していた。その前を通る時は子供の我々も挨拶を交わして通っていたので顔なじみとなり犯罪防止にもつながった。交番は、今はほんの僅かしか残っていないが、そこにいるはずのおまわりさんの姿がない。たまたまでなくいつものようだ。忙しいに違いないが、これでは役に立ってもらえない。

明治から昭和にかけて、日本は欧米に追いつけ追い越せをスローガンにしてきたと思うが、日本には独特の文化もあれば得意の分野もある。なんでもかんでも競争して勝てばよいという考えは捨ててほしい。

国民の大多数が願っているのは、平和で安定した社会であることだ。そのためには社会に役だち、生命の危険をともなう自衛隊員、警察官、消防士等のなり手がだんだん少なくなっているそうだが、もっと収入を上げていってもいいのではないか。

日本はなんでもかんでも世界のイベントに手を挙げている。例えばオリンピック、万博。無意味とは言えないが多くの国民はなにも日本で開かなくてもと思っているだろう。収支がどうだったのか百パーセント公表していないので分からないが、予算オーバーは毎度のこと、税金での穴埋めをしているとすれば問題だ。税金の使い道を考えてほしい。

そうではなく儲かったとすればその金額や、どこが何に使ったのかということをニュースで聞いたことがないのだが、明らかにしてほしい。

令和五年十二月十四日のニュースによると、今回の大阪万博もこの時点で予算四十%オーバー、会場の安全確保費用、一九九億円を国費（国民の税金）でカバーすることが決まったそうだ。

十一　スポーツとオリンピック

動物も人間も同じく、生きてゆくためにまず食べ物を確保しなければならない。身の回りに充分な食べ物がある方が異例であって、食べ物は探し歩いて見つけたり、待ち伏せて獲得する。古代の人間は他の動物より、また他の人や種族より先に行き、少しでも早く食べ物を手に入れることが要求された。早く走ることの障害になる岩や川等を飛び越える。矢や手に持った武器となるものは正確に獲物に命中させなければならない。木の上にできる食べ物は木を登る技術が必要。これらは生きるための必然から生じたのだが、スポーツの始まりはここに起因すると思う。ただ速さを競うだけではおもしろくないので、これにいろいろ手を加えながら、やる方も見る側も楽しめるものに変化させてきた、競技の数は増え続けて世界中にどれくらいあるのだろう。

それにつれてオリンピックの競技も増え続け、少しは問題になっているようだが、中にはこんなものまであるのと疑問に思う競技も出てきた。

費用や設備の拡大で、オリンピックを開催出来る国も限られ、ほんの一部の国だけが手を挙げることが出来、開催も不安視される事態もおこりかねない。

一方では、開催によって権限を持ち利得が得られた組織は容易にその権限を手放すことには応じない。

今一度オリンピックを考え直す時が来ているのではと思う。

あまりにも増え過ぎた競技の数、これを一挙にやってしまうオリンピック。これを四つか五つに分けて、例えば陸上、水を利用するスポーツ、球技等と別々の国でその一つを行う。デメリットもあるかもしれないが、やり方を変えていかなければいずれこのまま続けることが出来なくなるだろう。

もう一つ、スポーツで大きな疑問を持つのは私だけなのだろうか。〇・〇〇一秒の差で一位と二位が定まる。あたり前のように定められているのだが、納得いかない。一位二位を競うのでなく、上位、中位、下位のような順位のつけ方でいいのではないか。薬物使用、行き過ぎた訓練や指導のやり方、他を追い越せ、トップになることだけが競技の目標とされてきたが、そうではないのだと言いたい。スポーツは体を鍛え、健康に役立ち、仲間を作り、和を作り、楽しく生きることにつながる、そうあってほしい。

不可解なことはまだある。入賞者が、国旗で表現されるその国の人（人種）とは全く違う、他の国のアスリートで、勝つことを目的に国籍を替えてその国の選手にしてしまうことだ。選手は自国では競技者が多くて自国からの選考では出場が出来ない恐れがあると思った者が、他国の国籍を取りその国の代表で出場。ルール違反でないにしても納得のいかない現象だ。

十二　物価とゴミ

物価の値上がりは、民にとって頭の痛い問題で目先のことを考えると物価は安い方が良いだろう。でもこれを推し進めるため資本主義社会は大量生産でコストを下げ多くを売りさばくことを目標としてきた。その結果は多くが売れ残りごみとなる。買う側では安価な物は大切に使わない。野菜は食べられる部分でも形の悪い物、寸法の違う物は捨てられて形の揃ったものしか並ばない。衣類も同じく充分着られる物を捨て新しく買う。修理して使えるいろんな物がごみとなり新しく買い替えられる。それが経済の活性化につながると政治も応援してきたのだが、先のことを考えてみる必要に迫られているのではないだろうか。物のない時代、使えるのに捨てる行為は出来るだけせずに修理をしたり、手を加えてその物の命を大切にあつかった。

この精神は今の人に話しても分からないかもしれない。でもこれらは取りつくせばなくなるし、元を正せば天然資源から生まれているのだ。もうすでに取りつくしてなくなった物質も有り、大切に使わなければいろんな物が作れなくなる。人間の知恵は必ず代わりの物を作っているではないか。でもそれは百パーセントとは言えないだろう。

資本主義社会の生産者側も使う側の人間も意識を変えなければならない時機がきているのだ。

ある国では焼却ごみを無くす取り組みをしているそうだ。残飯、野菜くず等は肥料にすべく回収して一ヶ所にまとめて発酵させる施設を造り生ごみをなくしたそうだ。そして肥料とされた。

すぐ腐敗につながる生ごみ、どうやって収集されるまで置いておくのか等、難問がいくつかありそうに思う。でもそれ位のことは本気で科学に携わる人が考えれば解決出来ると思うので、国がどうこうより先に地方の自治体の一つでも実行に移して見本を示してほしい。

十三　東京一極主義

高層ビルの乱立、しかも高さ制限のないままに競って建てられてゆく超高層ビル。東京一極主義は戦後から急速に行われてきた。地方の企業や商社は本社を東京に移し、追って工場も移った。地方の弱体化は止まらない。

東京では限られた土地を有効利用するための手段として横に広げず上に向ける。ビルは高層化し林のように建ち並んだ。それ以上に高さを競う超高層ビル、どんな地震にも耐えうる技術と物質を使い可能な限り無制限に高さを競う。制限を加えなくて良いのだろうか。また一極集中型の東京、これも問題がありすぎる。物を作り、物を売る、それには最適。政治とのつながりも便利。東京にいれば、早くことがすまされる。情報も早い。人とのつながり、企業や商売のつながりも東京にあることが必然と考えてきた。しかし、今、考え直す時機に来ているのではないか。

今後どんな災害がおこるかわからない。天災に人災、東京にすぐにでも取ってかわれる都市を想定して準備しておく必要があると思う。富士山の噴火、大地震、戦争、紛争に巻き込まれる恐れ等、いつ来てもおかしくない状況におかれていると思う。

十四　金融資産

プーチンのウクライナへの侵略戦争に共産主義国以外の国々は反感を持った。だからといってアメリカの資本主義民主主義に手を借さない国々が多く出てきた。アメリカが世界の警察を自負していた時代とは変わってきた。民主主義が危うくなるという理由で、幾つかの国を力でねじ伏せたり、戦をいどんだりしてきたアメリカの資本主義を良く思わない国々が名をあげてきたのだ。

欲望の資本主義に警告をしている人は多い。欲は際限がない。今ヨーロッパの哲学者や経済学者は、車を減らすべき、金融業の株の利益や私有地の土地から出た富は分配すべきだと言っている。実行してほしい。

資本主義社会が突っ走ると、人に追いつき追い越せとなる。国もそうだ。しかしそんなことは無駄なのだ。無限でない資源の大切さを知り、人の命の大切さを知って、これからの社会作り国作りを進めてほしい。

株とは本来、企業や会社をおこすのにお金がなかったり足りなかった時に、仕事の内容を公開して出資をつのり、預かった証明として出資者に渡される物であり、利益が上がれば配当が出、株価も上がる。今はそうではない。その会社の動向よりも社会や世界の動きで毎日値が変わる。その差を利用して金もうけをする。もちろん損をする人も出てくる。大きなお金が舞い込んでくる。

これは大変な魅力に違いないが、お金に余裕がある人がやるもの。株に限らず金融物は全てそう思って買うもの。だとすれば政府が老後の資産確保や増強にこれらを推奨しているのは納得いかない。ますます貧富の差が広がるのではないか。

世界が平和で食べていけない国をなくし、中級階層を増やしていくのが目標であってほしい。

無造作に子供の数を増やし食べていけないというのもどうなのか。自国で養えるだけの人数に産むことを制限する必要もあるのではと思う。先進国の技術で避妊の方法は教わることが出来る。援助する側も息切れする日が来ないとは限らない。ウクライナへの支援が今この道に入っている。

それだけではない、今や戦争に紛争世界で難民の数が一億一千四百万人を超えると報じられている。ＥＵ及びヨーロッパではこの難民の受け入れをめぐって意見が分かれ、大きな問題となっている。気持ちの上では賛成だが、自分達の生活が脅かされかねないとなると、しかも今のところいつ終わるとも知れないこれらの戦の犠牲者はますます増えてゆく。

戦争や紛争は早く終わらせてほしい。火種は世界中にばらまかれていて、いつどこで火がつくか分からないのが現状のようだ。

地球温暖化は氷山をとかし小さな島々が水没、海辺がどんどん陸地に迫っている話は随分前から指摘されていたが、アフリカでは雨が降らず干魃の大地は草木が枯れ、家畜が絶滅。そのために三千万の難民が他の地に移るのを余儀なくされているという。

逆に東アフリカ、ソマリヤ等は洪水で生活出来なくなりここでも難民が発生しているのだ。

おわりに

百歳を生きる。ほんの小さなものでいい、やりたいことがあり、知りたいこともまだまだあり、やり続けられる気力と体力があるなら百歳まで生きられる。こんな喜ばしいことはないだろう。

でも介護士さんや看護の人々の手を借りて長生きすることが人間にとって幸せなのだろうか。

生きることの意味、どう生きれば、どう死ねば、今一度考えさせられる九十二歳です。

著者プロフィール

川瀬 倭子（かわせ しづこ）

1931年 4 月生まれ。三重県出身、兵庫県在住。
画歴：1982～1988年　関西独立展入選。
著書『一でなくても』（文芸社　2018年）
　　『己を信じて生きた父』（文芸社　2019年）

戦争と昭和の追憶

2024年 9 月15日　初版第 1 刷発行

著　者　川瀬 倭子
発行者　瓜谷 綱延
発行所　株式会社文芸社
　　　　〒160-0022 東京都新宿区新宿1－10－1
　　　　電話 03-5369-3060（代表）
　　　　　　 03-5369-2299（販売）

印刷所　株式会社フクイン

ISBN978-4-286-25585-9